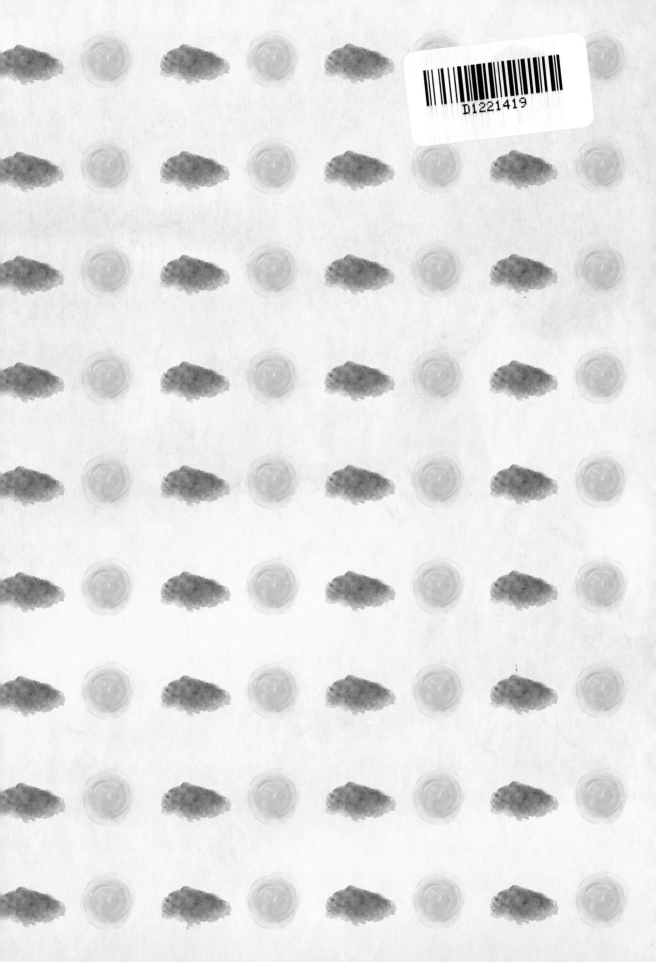

Colección

© del texto y de las ilustraciones: Anabel Fernández Rey, 2016
© de esta edición: Kalandraka Editora, 2016

Rúa de Pastor Díaz, n.º 1, 4.º A - 36001 Pontevedra
Tel.: 986 860 276
editora@kalandraka.com
www.kalandraka.com

Impreso en Gráficas Anduriña, Poio
Primera edición: abril, 2016
ISBN: 978-84-8464-997-7
DL: PO 78-2016

ANABEL FERNÁNDEZ REY

¿Somos amigos?

kalandraka

—No quiero comer verduras.

Tú, que eres tan glotón, ¿me ayudas?

—Quiero volar muy alto.

Tú, que tienes tanta fuerza, ¿me ayudas?

–No quiero peinarme solo.
Tú, que ves mejor desde arriba,
¿me ayudas?

–Quiero ir muy rápido.

Tú, que sabes empujar, ¿me ayudas?

—¡Es divertido que seas mi amigo!

–Tengo hambre. ¿Me invitas?

—Tengo que asearme. ¿Me lavas?

–Tengo algo en la pata. ¿Me lo sacas?

–Tengo una herida. ¿Me curas?

—¡Yo también creo que es divertido que seas mi amigo!

¡Somos amigos!

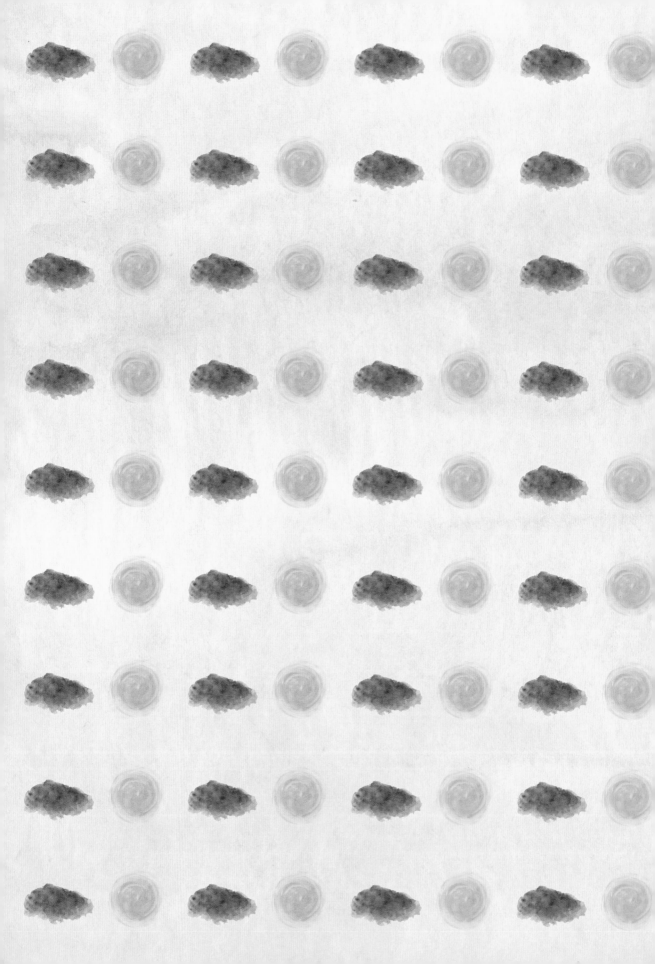